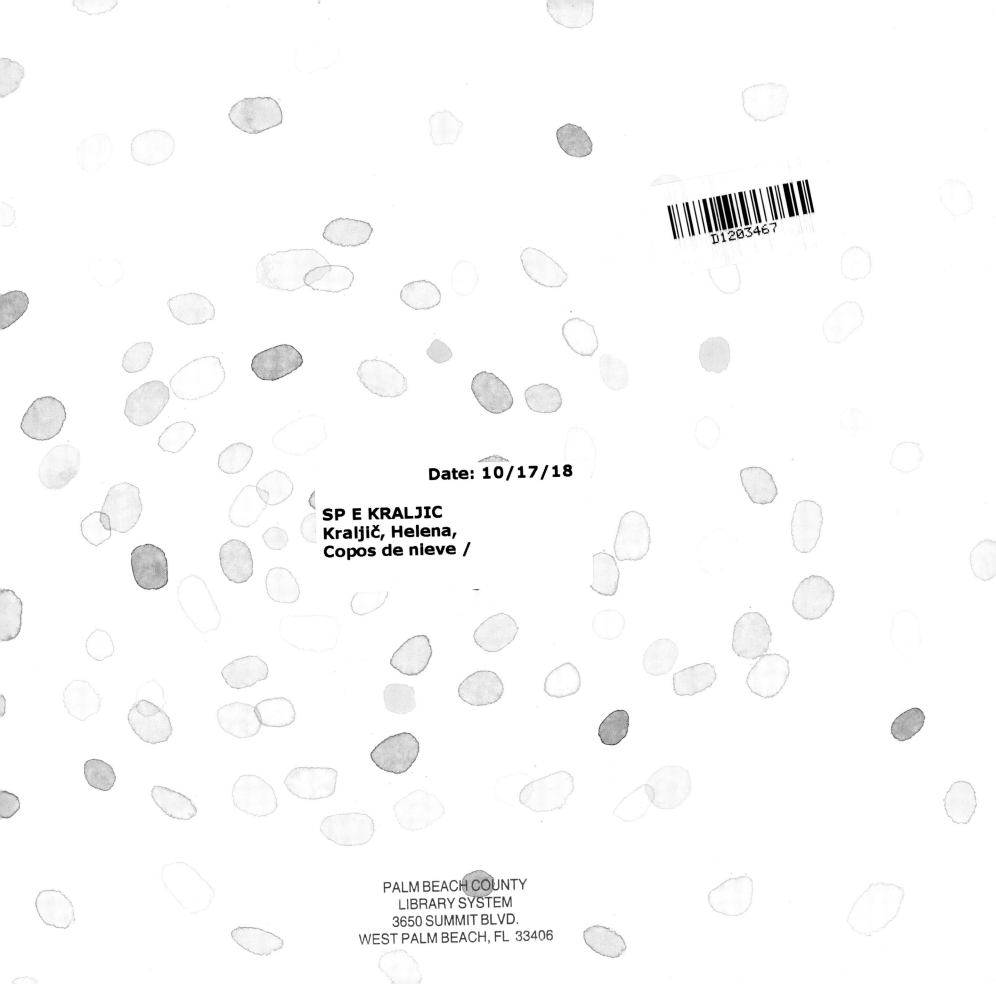

Date: 10/17/18

SP E KRALJIC
Kraljič, Helena,
Copos de nieve /

PALM BEACH COUNTY
LIBRARY SYSTEM
3650 SUMMIT BLVD.
WEST PALM BEACH, FL 33406

Puedes consultar nuestro catálogo en www.picarona.net

Copos de nieve
Texto: *Helena Kraljič*
Ilustraciones: *Maja Lubi*

1.ª edición: octubre de 2017

Título original: *Snežinke*

Traducción: *Lorenzo Fasanini*
Maquetación: *Isabel Estrada*
Corrección: *Sara Moreno*

© 2016, Morfem Publishing House, Eslovenia
(Reservados todos los derechos)

© 2017, Ediciones Obelisco, S. L.
www.edicionesobelisco.com
(Reservados los derechos para la lengua española)

Edita: Picarona, sello infantil de Ediciones Obelisco, S. L.
Collita, 23-25. Pol. Ind. Molí de la Bastida
08191 Rubí - Barcelona - España
Tel. 93 309 85 25 - Fax 93 309 85 23
E-mail: picarona@picarona.net

ISBN: 978-84-9145-098-6
Depósito Legal: B-19.379-2017

Printed in Spain

Impreso en España por ANMAN, Gràfiques del Vallès, S. L.
C/ Llobateres, 16-18, Tallers 7 - Nau 10. Polígon Industrial Santiga.
08210 - Barberà del Vallès (Barcelona)

Reservados todos los derechos. Ninguna parte de esta publicación, incluido el diseño de la cubierta, puede ser reproducida, almacenada, transmitida o utilizada en manera alguna por ningún medio, ya sea electrónico, químico, mecánico, óptico, de grabación o electrográfico, sin el previo consentimiento por escrito del editor. Dirígete a CEDRO (Centro Español de Derechos Reprográficos, www.cedro.org) si necesitas fotocopiar o escanear algún fragmento de esta obra.

¿Quién soy yo? ¿Quiénes somos nosotros?

¿Cuántas veces hemos vivido en primera persona las cosas que suceden en este cuento? ¿A menudo? ¿Muy a menudo? ¿O puede que sólo lo suficiente para haber aprendido algo? Eva es una niñita alegre: observa a sus compañeros de clase y se da cuenta de que hay uno que es muy bueno dibujando, un segundo que canta bien, un tercero que sabe correr muy rápido y un cuarto que resuelve los problemas de matemáticas a la velocidad de la luz. Luego hay un quinto que es tan valiente como un superhéroe, un sexto que parece conocer la respuesta a todas las preguntas, y luego está el séptimo que... Ese tipo de niños forman un grupo muy especial, pues sus corazones rebosan amistad, generosidad y compasión. Eva, la heroína de *Copos de nieve*, pertenece a ese grupo. Observa a sus compañeros de clase sin ninguna envidia, pero con algo de tristeza porque ¡ella también desea destacar en algo! No hay nada malo en ese deseo. Todos nosotros, viejos y jóvenes, deseamos crecer y mejorar, ser felices, y, como dijo una vez el poeta Tone Pavček: «La felicidad aparece cuando hacemos las cosas bien y cuando tenemos alguien a quien amar». Por eso Eva también es muy buena en algo: tiene un gran corazón y eso puede considerarse una gracia o un don divino, como cualquier otra gracia o don. Y lo más maravilloso y sorprendente es que todos somos felices de manera diferente, sabemos unirnos y entender nuestras diferencias. Tras leer este cuento, jóvenes y viejos mirarán con nuevos ojos los copos de nieve que caen del cielo o las flores que crecen en el campo en primavera; y en cuanto a ti, cuando tus ojos contemplen las alegres cubiertas de nuevos libros, entenderás ese bello pensamiento que te susurra al oído:

«¡Todos somos diferentes, todos somos especiales!».

Doctor Igor Saksida

Helena   Kraljič

Copos de nieve

Ilustraciones: Maja Lubi

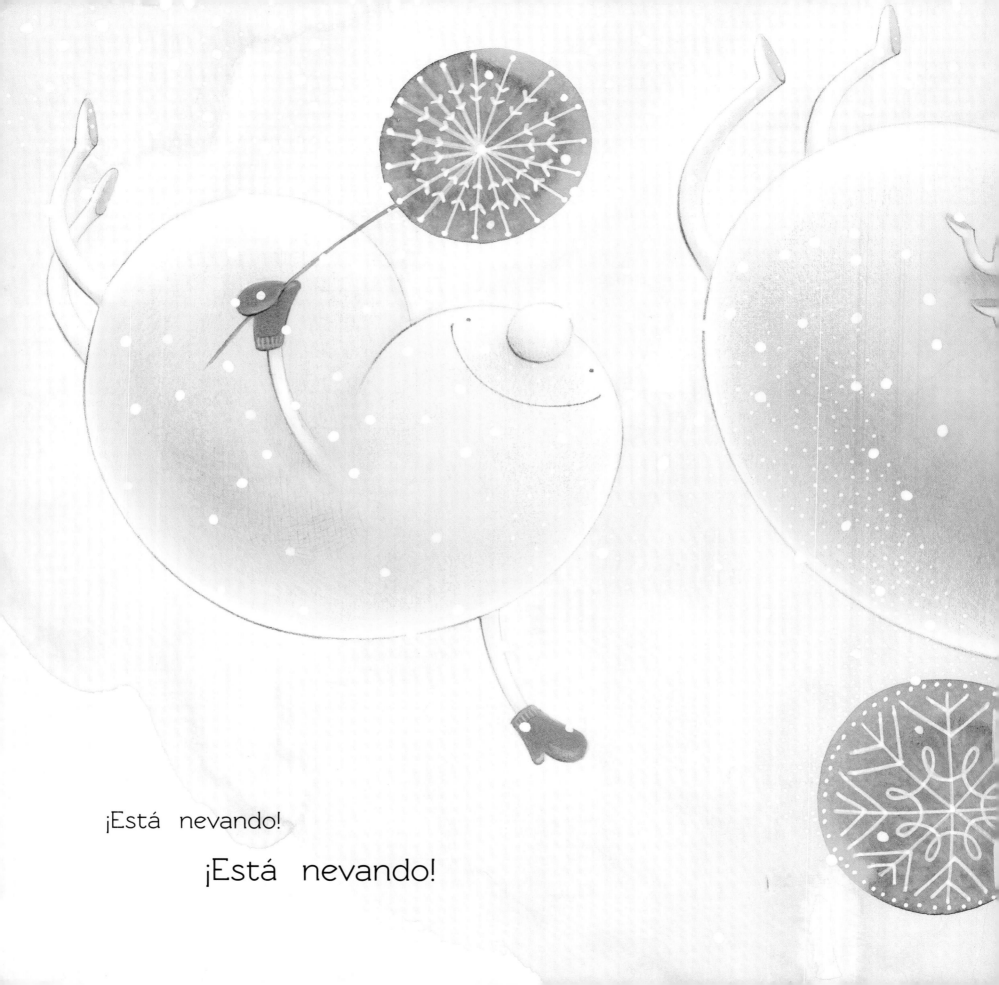

¡Está nevando!

¡Está nevando!

Los niños saltaron de detrás de sus pupitres y corrieron
a la ventana. Eva observaba embelesada los copos
de nieve que caían del cielo:

—Son todos diferentes. ¡Y cada uno de ellos es especial!

—Sentaos, niños -dijo la maestra pasados unos minutos-.
Tenéis que terminar vuestros dibujos, así podré
poneros la nota.

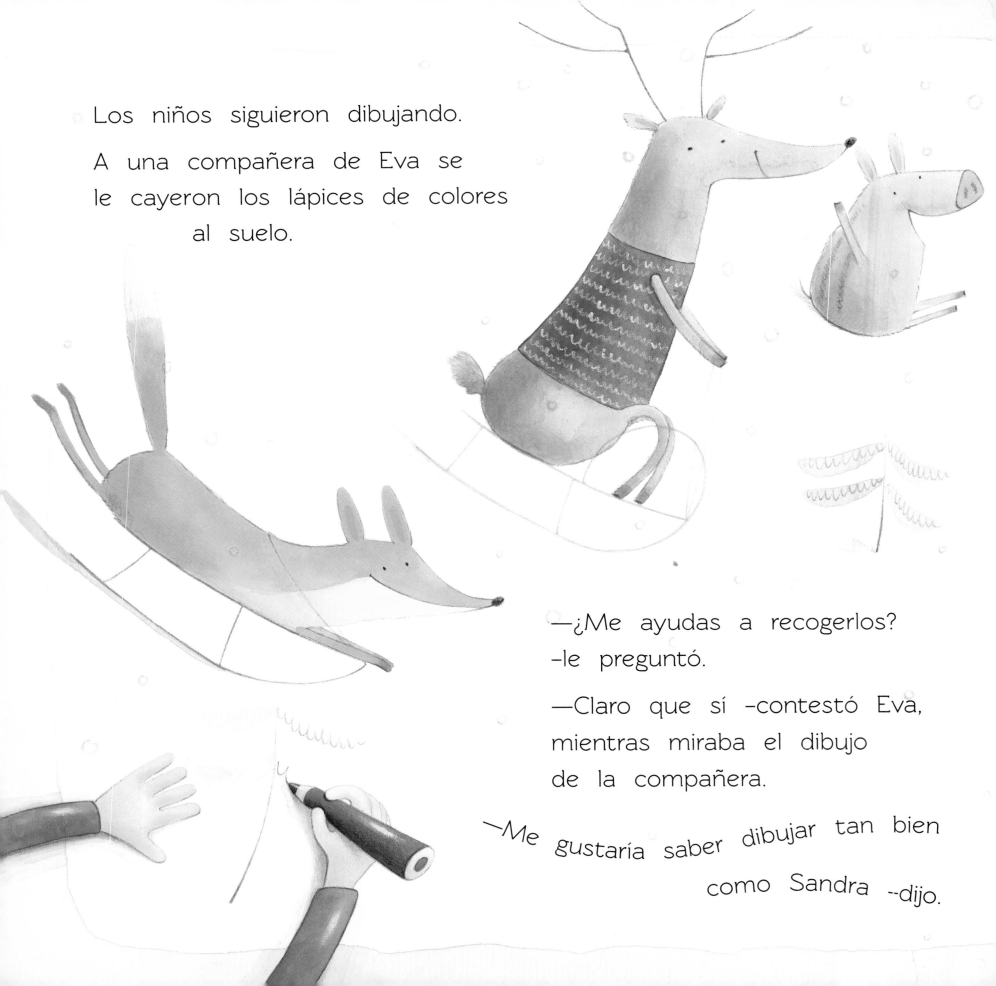

Los niños siguieron dibujando.

A una compañera de Eva se le cayeron los lápices de colores al suelo.

—¿Me ayudas a recogerlos? -le preguntó.

—Claro que sí -contestó Eva, mientras miraba el dibujo de la compañera.

—Me gustaría saber dibujar tan bien como Sandra --dijo.

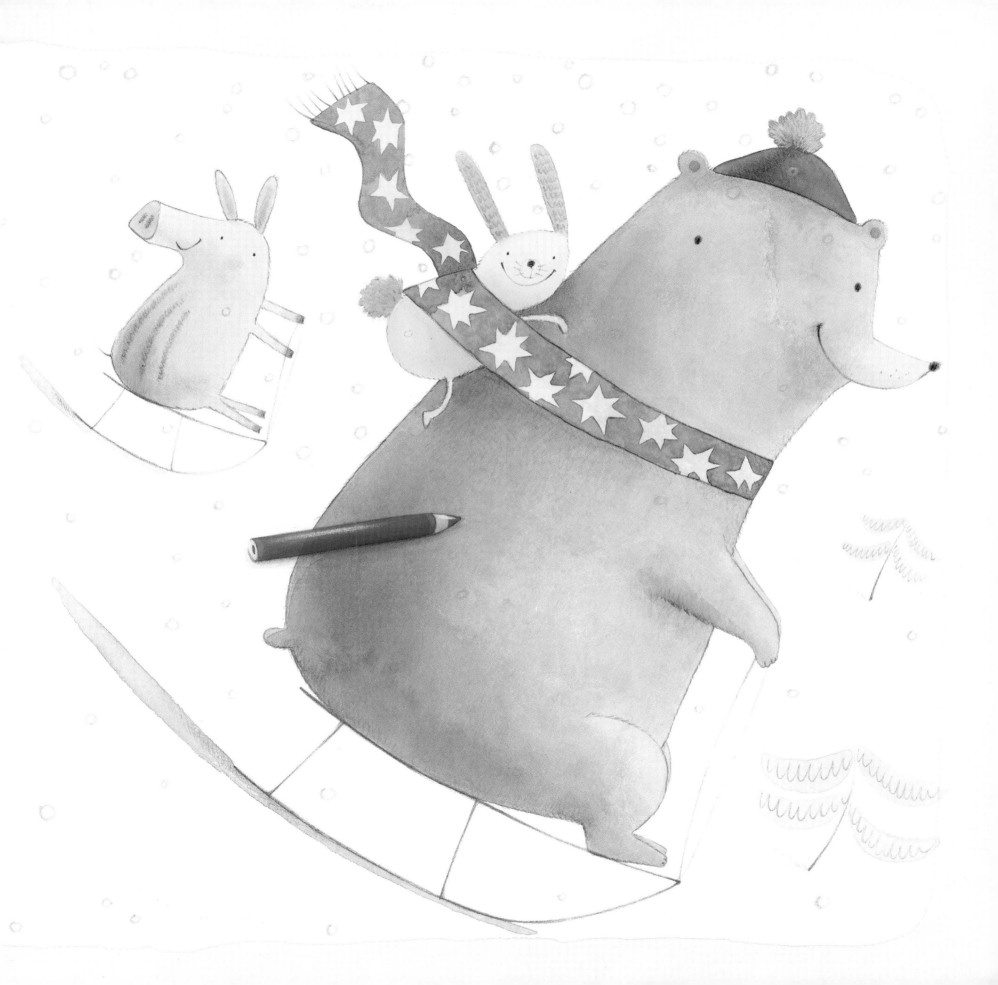

En la clase de música los niños
ensayaban la canción que iban
a cantar en Año Nuevo.

—Eva –la llamó Anna–. ¿Podemos
cambiarnos el sitio? Me gustaría
estar en primera fila…

—Claro que sí –contestó Eva, y luego
se quedó escuchando cantar a Anna.

«Me gustaría saber cantar tan bien

como ella», pensó.

A la salida del colegio, todos los alumnos echaron a correr hacia la parada del autobús, que ya estaba allí esperándolos. A pesar de sus esfuerzos, Eva siempre era la última en llegar.

—¿Me dejas un pañuelo?
-le preguntó Lara.

—Claro que sí -le contestó Eva,
y luego dijo para sí-:

Me gustaría *saber* correr tan

rápido como Lara.

Cuando llegó a casa se acordó de que tenía que hacer los deberes de matemáticas.

«Me gustaría ser tan buena en matemáticas como Nico» pensó para sus adentros.

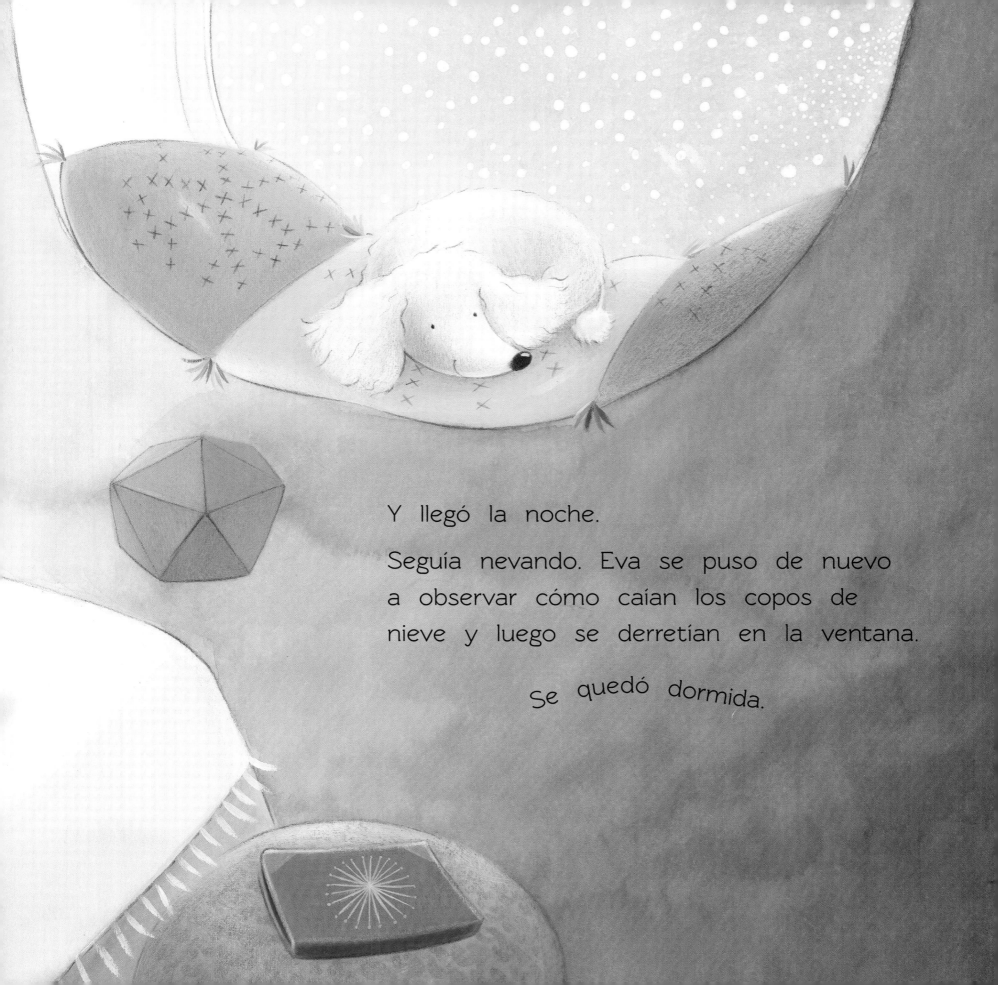

Y llegó la noche.

Seguía nevando. Eva se puso de nuevo
a observar cómo caían los copos de
nieve y luego se derretían en la ventana.

Se quedó dormida.

Soñó que estaba en lo alto de una empinada colina.
Llevaba los esquíes puestos, pero no se atrevía a bajar.
Oyó la animada voz de su compañera Zoe que le gritaba:

—¡Venga, Eva! ¡Es muy fácil!

—Me gustaría ser tan valiente como Zoe —suspiró.

Cuando despertó, todo estaba blanco.
Una vez más, Eva se quedó observando
los copos de nieve.

Sonrió y salió corriendo hacia el colegio.

Por el camino se encontró con Sara.

—Mi papá y yo hemos hecho una nueva casita para pájaros. Ayer esparcimos dentro un puñado de mijo y de otras semillas y enseguida acudieron un herrerillo y un picador azul. ¿Me acompañas a la tienda a comprar unos frutos secos para ellos?

—Claro que sí –le contestó Eva, mientras pensaba:

«Me gustaría saber tanto de pájaros como Sara».

Apenas había acabado la clase cuando entró Violeta.

—Ya estoy casi recuperada y pronto volveré al colegio.
¿Alguien me dejaría los apuntes de estos días?
-preguntó a los compañeros.

—Claro que sí, yo misma -le contestó Eva.

—¡Gracias! ¡Eres mi mejor amiga! -dijo Violeta
y la abrazó pensando:

«Me gustaría ser tan buena amiga como es Eva».

Las dos se abrazaron en medio de la clase.

Eva estaba contentísima. Miró a través de
la ventana. Los copos de nieve aún seguían
brillando en el suelo.

—Son todos diferentes. ¡Y cada uno de ellos es especial!

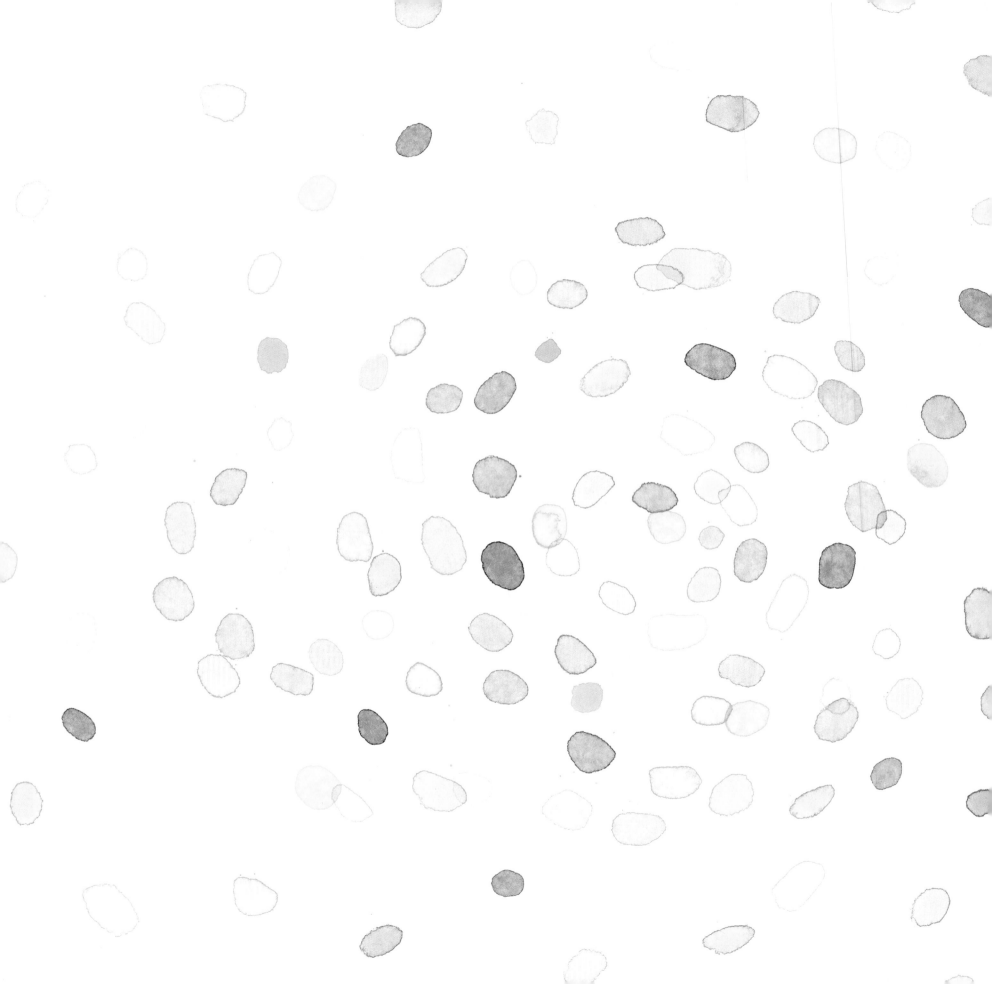